María Teresa Andruetto, Arroyo Cabral, Córdoba, Argentina, 1954. De uma fazenda na serra de Córdoba, esta argentina conquistou, com seus livros, o coração de jovens e adultos de todo o mundo. Neles, conta histórias carregadas de lembranças e saudades; de homens e mulheres solitários; de angústia pelo seu país e também, em meio a esses sentimentos, de uma grande alegria de viver. Em seus romances, a própria vida passa lentamente, como em sua terra, cenário da maioria deles. Além da poesia, que escreve com paixão, há anos se dedica ao ensino e à reflexão sobre a literatura infantil. Em 2009, recebeu o V Prêmio Ibero-Americano SM de Literatura Infantil e Juvenil e, em 2012, o maior prêmio concedido a um autor de livros infantojuvenis, o Prêmio Hans Christian Andersen.

Daniel Rabanal, Buenos Aires, Argentina, 1949. Depois de um encontro fatídico com a ditadura militar argentina, se estabeleceu em Bogotá em 1990, onde se tornou um dos mais reconhecidos ilustradores de caricaturas, histórias em quadrinhos e livros infantis. Hoje, reconciliado com sua história e radicado novamente em Buenos Aires, acompanha María Teresa na narração de um dos episódios mais dolorosos da história recente da Argentina.

fronteira ilustrada

OS AFOGADOS MARÍA TERESA ANDRUETTO+DANIEL RABANAL

Tradução MARINA COLASANTI

Vinham caminhando

... o livraram das algas, dos filamentos de medusa e dos restos de cardumes e de naufrágio que o cobriam, e só então descobriram que era um afogado.

O afogado mais bonito do mundo.
GABRIEL GARCÍA MÁRQUEZ

desde o mais profundo da noite,

quase sem falar, passando de tanto em tanto o filho dos braços de um para os braços do outro. Agora, já estavam no povoado, não mais de duzentas casas, venezianas fechadas, tudo fechado a essa hora da manhã, debaixo da luz dos postes. Vinham quem sabe de onde e assim seguiram pela costa, junto à água, pela praia larga de areia clara, castigados por outra areia, a que soprava das dunas. Esperavam que ninguém os tivesse visto e, por sorte, não viram ninguém, nem mesmo janelas iluminadas; nenhum ser vivo além de alguns pássaros de patas negras que picotavam na praia e, bem lá ao fundo, quase na água, um vulto, como uma baleia ou um leão marinho. Haviam estado nesse lugar outra vez, só uma, quando eram namorados, em férias com os pais e a irmãzinha dela, todos metidos juntos numa casa no fundo de um terreno. Uma tarde, saíram em busca de refúgio para os dois e descobriram a casa abandonada, a casa além das dunas, nesse povoado perto do rio largo como um mar, que crescia no verão, multiplicado pelas barracas, *trailers*, e alojamentos baratos.

Tinham começado a andar no dia anterior ao fim da tarde, sem mais bagagem que uma mochila, e continuaram, sem medir as horas nem o cansaço, durante toda a noite. Amanhecia, e, com a luz que filtrava entre as nuvens, chegou para ela uma tristeza, a mesma de quando era criança e olhava os pastos desde sua casa e sonhava em ir embora para a cidade. O povoado vazio a essa hora, tão cedo, antes que o dia nascesse completamente, e as águas do grande estuário lisas, como se nada e ninguém vivesse, um lugar morto a essa hora da manhã, e os três, ainda vivos, procurando um lugar para ficar. O ar gelado, apesar do sol lá longe, sobre a água.

Caminharam ao longo de toda a praia, pela costa, até o final da baía, com a areia nos sapatos dele e nas sapatilhas dela, ela com os pés molhados porque, em algum lugar, em alguma hora da noite, havia sido salpicada pela crista de uma onda. Embora levassem só a roupa do corpo, além da mochila que ele carregava com alguns víveres e roupa para o filho, muito pouco para eles, não se poderia dizer que iam leves, sem carga. O desvio era marcado somente por uma marca no chão, mas ele estava à frente e parecia seguro de que iam na direção certa; se mostrava animado, apesar de tudo, ou talvez quisesse animá-la, marchando em direção a seu objetivo, convencido de conseguir alcançá-lo. Ela, ao contrário, ia como se arrastada por ele, tão cansada; durante a noite, várias vezes lhe ocorrera que estava dormindo em pé, pequenas ausências que a levavam a outros mundos e outros tempos e que, no súbito despertar, a angustiavam com aquele desassossego de andar pela costa infinita em busca de uma casa.

Será que está desocupada? Perguntou justamente quando o filho, que ora carregava de um lado, ora do outro, para aliviar o peso, começou a choramingar. *Claro que sim*, respondeu ele, mas o tom contradizia as palavras. Ela então, sem deixar de andar, levantou o casaco de moletom e botou o menino embaixo para que mamasse, embora já fosse grande e ela quase não tivesse mais leite. *Você tem de se tranquilizar*, ele disse, *não vê que ele fica nervoso?* Vinham do fundo da noite, horas à beira da praia com os pés entumecidos, a planta dos pés ardida pela fricção da pele com os sapatos e as sapatilhas, pela fricção das sapatilhas e dos sapatos no chão, mas alguma força renasceu nela, alguma esperança, ao ver que estavam perto do final da baía; faltava apenas o caminho que, lá no fundo, ia da praia até as dunas, e para além das dunas. Não se via ninguém em parte alguma, andavam num deserto, mas ela não deixou de pensar que no verão, entre as barracas, no meio de gente, poderia ter sido muito melhor; o medo de que, nesse deserto, talvez alguém, atrás de alguma janela, com a luz apagada, os tivesse visto...

Antes de chegar ao desvio para a casa, viram um vulto sobre a praia. Durante a noite, já lhes parecera ter visto outros ao longe, talvez cavalos ou leões marinhos, mas agora, mais perto, viram que este não era um animal, mas um afogado, um morto que a maré havia arrastado. Ela teve um ímpeto, só um movimento do corpo, um tremor, mas ele a sustentou e seguiram. Perto, bem perto, viram que este afogado tinha a cara coberta de algas e também restos de outra coisa, barro talvez; era um homem jovem, alto, magro, vestido e calçado. Mais um, disse ela, e ele olhou para o mar e para longe, olhou para trás também e, embora não houvesse ninguém em parte alguma, tomou o braço dela com firmeza e a virou em direção às dunas.

●

Os dois haviam-se criado em pequenos povoados da planície. Perto do povoado dela passava um rio, não tão grande como este, mas caudaloso, barrento. Ela costumava ir no verão com as amigas olhar os garotos de outros povoados, os rapazes da Industrial de uma cidade próxima, antes de conhecê-lo.

30

As moças chegavam à ponte e seguiam pela beira, até uma pequena praia, um remanso nos barrancos, entre os pastos. Aquele rio também era traiçoeiro, porque a água cavava poços no leito e, às vezes, elas se entregavam confiantes na parte baixa onde perdiam pé. Tinha ido aquela vez com as amigas e flutuava no meio do rio, afundada na água suja dos rios de planície. Procurando tocar o fundo, só a cabeça de fora. Havia aprendido a nadar nesse rio, seu pai havia lhe ensinado, e em vez de assustar-se ou sentir-se perdida, tinha confiança demais. Atravessou a parte mais funda, braçada a braçada, e, de repente, estava sendo tragada pela água, um rodamoinho... Não sabe como fez para chegar até um galho, para pendurar-se com o corpo submerso, rangendo os dentes, presa a esse salgueiro deitado sobre a água, até que Daniel chegou até ela. Na água, não se escutam gritos nem se vêm gestos: é como se já estivesse se afogando. *Aguenta, que você consegue!*

Gritavam as amigas e os rapazes do Industrial, as pessoas amontoadas na beira, até que uma mão pesada a aproximou de um sonho e os pés voltaram a se apoiar na terra. Ela já gostava de Daniel, o rapaz mais lindo da Industrial, mas, desde aquela tarde, passou a se interessar por ele de outro modo, porque chegaram à beira, ela carregada no ombro dele, e ele a depositou no chão e a abraçou, tão perto os dois, tão grudados um no outro, que ela sentiu o volume empurrando debaixo do calção. Continuava inteira, e o desejo era amplo como um rio, como um mar ou como o campo imenso; depois, Daniel havia ido embora e voltado muitas vezes, até que ficou grávida.

De tanto ouvir-se por dentro, os pensamentos começam a fazer-lhe mal, pendurada como está naquela árvore, vomitando água barrenta dentro d'água. *Debaixo do rio, não*, pensa ela, mas também não o que ele havia feito, insistir em puxar-lhe a cabeça para fora, em tirá-la brutalmente, se era para defender outros. Lembra-se, sobretudo, do momento em que ele a carregou no ombro. De repente os dois haviam se convertido em heróis. Às vezes, acontecem coisas que não podem ser explicadas, e tudo deixa de ser real, como aqueles minutos ou séculos em que esteve pendurada no galho, ou como quando caminha dormindo acordada numa praia com seu filho nos braços. Afunda em seus pensamentos, às vezes afunda tanto, que coisas podem acontecer ao redor e ela nem se dá conta. Pendurada num galho, a meio caminho entre uma e outra margem, lembra o dia em que se apaixonou por Daniel e tudo mudou para sempre. Sabe nadar desde que tem memória, nesse rio barrento. Foi seu pai que lhe ensinou a entrar, mas já não tem coragem para deixar-se ir, nem confiança. Às vezes, se obriga a pensar em algo que a sustente, pensar, por exemplo, como era Daniel quando nada mais lhe importava além dele e ela.

Fim de maio. A umidade pega as agulhas de pinheiro ao redor da casa. Faz frio e, através das frestas nas madeiras quebradas, chega cheiro de salitre e mofo. Metida nas calças cinzentas e no casaco de moletom grande demais, ela vai e vem sem conseguir concentrar-se; acontece há algum tempo, o tempo todo. Vive com a cabeça em Daniel e no filho – *que vida darão a esse filho?* – e na casa que ele trata de ajeitar com o que encontra ao redor, debaixo da cobertura de chapas, perto da lenha. Nesses dias fizeram várias coisas, começaram uma horta. Ele trouxe sementes na mochila, alface, acelga, repolho, alho-poró; talvez tenham de se tornar vegetarianos. Ela sabe que são peixes fora d'água, distantes de todos, distantes de casa; à tarde, quando o sol esquenta, se sentam numa pedra grande que há perto

da casa, entre as árvores, e ficam sem dizer palavra,
ouvindo os gritinhos do filho, seus gorgolejos que
afastam o choro. Às vezes, o céu está azul como
um vestido de verão, ou o filho quer dormir mas
não dorme e então ela canta para ele devagarinho
olhando o chão, o dia, o ar, com o cabelo escuro
escorrido, preso atrás com um elástico. Ele pergunta
em que você está pensando? Ela não pensa em nada.
O vento penteia os pinheiros, o mundo todo está
à escuta deles, *quem está aí?, quem anda?* Lá longe
um ruído, algo se sacode, como um tapa, como um
estalo sobre a água. O filho dorme, o pai o levanta e
o leva para casa. Fez-se tarde e a luz baixou, por isso
acendem o fogão a álcool na peça que habilitaram
como quarto de dormir. Brilha só essa luz, mas chega
até a janela de vidros sujos que ela e ele preferiram
não limpar. Afundam os dois no colchão de lã,
aplastado, cheio de traças, dormem quase sobre as

molas e, algumas vezes, até fazem amor. Ele lhe diz *não fica triste, já vai passar*. Ela o aperta, lhe morde o braço, o ombro, *por que tudo isso?* Mas se arrepende, gosta dele assim mesmo, falam com vozes baixas, um sussurro. Às vezes, de noite, o céu está estrelado e se ouvem mugidos de vacas ou relinchos nos arredores, e ela pensa que alguém pode avançar no caminho entre o mato alto, que não quiseram cortar, e aventurar-se até o cheiro de umidade, de peixes ou de bichos ou de corpos molhados. *Até quando vamos estar aqui?* pergunta, mas sua voz se apaga, antes mesmo de terminar a frase; *até as coisas melhorarem...* ele responde e estende a mão, mas não a alcança. Ela faz que sim com a cabeça, *vamos para a cama*, é como retroceder no tempo, assim se começa, e abre caminho para ele até o quarto de dormir onde já dorme o filho, os dois debaixo da luz da pequena chama. Ao longe, o latido dos cães se desloca através dos campos, uns respondendo a outros na noite, e ela tem medo de que alguém entenda o que dizem, que outros saibam o que se passa. Ao acordar, descobre que está vestida, que dormiu assim, por causa do frio.

●

Não há mais remédio senão descer ao povoado para fazer compras, querosene, fósforos, farinha de trigo, erva mate, arroz, sabão branco... Tomam cuidado com o dinheiro porque não sabem até quando terão de ficar, mas o problema maior não é este, senão ir ao povoado, chegar até a venda da Chica Méndez, responder às perguntas que ela seguramente fará a um forasteiro e suar gelado como na tarde em que tocaram a campainha de um militante sindical da fábrica e em lugar do amigo encontraram um comando, seis gorilas de dois metros, e foram levados a uma delegacia.

Ficaram ali uma semana, sendo interrogados e ameaçados; depois os deixaram ir e ele soube que os largavam para servirem de iscas, que os vigiavam, e então já não ficaram quietos em parte alguma, começaram a se mudar como um bote que perde o controle e vai aos barrancos de uma margem a outra. Meses boiando, até que ele se lembrou da casa escondida atrás do bosquezinho de pinheiros; a casa que haviam descoberto quando namorados, à procura de um lugar onde fazer amor, a que estão tratando de tornar habitável. Nesses dias e no vazio dos dias que virão, ele já conseguiu consertar, com umas ferramentas oxidadas, a fechadura escangalhada; botou pregos e remendos nas janelas e na porta, na mesa e num banco caído fora da casa. O bater da pedra sobre os pregos, o chiado desses pregos na madeira fazem pensar na rotina de uma casa de campo. A chuvinha de maio umedece o telhado, o chão ao redor; traz alguma alegria por estarem juntos os três, protegidos apesar de tudo. Mas é necessário ir ao povoado, ir assim que estiar, porque não têm mais fósforos, ficaram quase sem farinha, sem azeite, sem querosene, sem sabão branco.

Nuvens pesadas desenharam um céu raso sobre a praia e se diria que viajam, se deslocam com ele até a capela e também um pouco mais, até a venda. O estômago queima. Parece fechada a venda, as persianas abaixadas, mas, assim que toca de leve a porta, ela se abre. Quase não há luz. Atrás do balcão, a mulher olha televisão, come uma fatia de salame, e ele cravado no chão, nesse armazém, boliche, quiosque de uma tal Chica Méndez. O silêncio cresce na sua boca, saliva que não pode tragar. *Tudo vai dar certo*, repete para si mesmo, a mulher não perguntará e, se perguntar, ele vive num campo ao sul, na rota de Santa Clara, seus sogros cuidam de um sítio, veio ajudá-los. O sobrenome? Ramírez, sim Ramírez. É inverno no armazém; lá fora, as nuvens escuras e o vento que arranca sons no ar; em alguma parte, ouve-se o latir dos cães, a voz que toca algum gado, ele pode ouvir como estremece no peito o seu coração.

●

Ela limpa, esfrega e raspa uma chaleira e umas caçarolas de alumínio afundado, umas caçarolas com uma crosta grossa embaixo e dos lados. Também encontrou roupas no alto de um armário, quase todas de homem; embora um pouco folgadas, cabem em Daniel essas suéteres e essas calças. Para ela, a roupa é larga demais, porém acha que pode ajeitá-la. Esfregou e raspou também o fogão de pedra carcomida e encontrou, para acender o fogo, uma pilha de jornais e revistas de outra época, tudo muito sujo, como se, na mudança, tivessem deixado tudo sem sequer levantar. Não se lembrava de ter visto nada disso na tarde de anos atrás quando entraram para fazer amor; pode ser que, pela urgência do momento, parece, porém, que não faz muito tenha vivido gente ali; talvez tenham tido de ir-se. Esfrega, mas a cabeça está em outra parte, atenta apenas ao choro do filho; que ninguém o escute chorar. Enquanto isso, Daniel ajeita as madeiras em frangalhos, melhora o fechamento das janelas e das portas, busca lenha e remenda umas suéteres furadas, comidas pelas traças, para aquecer-se no frio deste outono e do inverno que virá. O jardim, decidiram, continuará cheio de mato, com o aspecto de uma casa abandonada há muito tempo, desde quem sabe quando, porque agora que se lembram, naquele verão em que a descobriram, alguém lhes disse que a casa dos pinheiros havia sido refúgio de meninos alemães protegidos por uns padres.

Novo por aqui? – perguntou a Chica Méndez, da cintura para baixo gorda, muito gorda, o que dava ao seu caminhar um balanço, como de barcaça sobre a água. Envolveu a farinha, a erva mate, o açúcar em papel de embrulho e fez um rebordo no papel, como um pastel. *Mais ou menos*, ele diz, *meus sogros são da área, gente do campo, tomam conta de um sítio no rumo de Santa Clara. Vim pedir a ajuda deles porque enviuvei, vim com a minha filhinha... Pobre filha, nem fez um ano e já perdeu a mãe.* A mulher pegou uma fatia de pão, outra de salame e deu para ele. *Sinto muito, viúvo tão jovem e com uma filhinha... Deus deve saber porque faz o que faz, creio que com tantas bobagens que lhe pedimos, às vezes se distrai ou se confunde... Algo mais?* Ele repassa: farinha, açúcar, erva mate, sabão, fósforos... *Não, obrigado, por enquanto nada mais.* Ela corta outra fatia de salame e lhe oferece. *Já sabe, o que precisar, estamos aqui para servi-lo... Perguntei se era novo, porque ultimamente se veem pessoas*

42

estranhas no povoado e, do jeito que as coisas estão, a gente tem medo que sejam guerrilheiros.

●

Daniel prepara mate para os dois; o filho dorme nos braços dela, que olha para longe, ou para dentro de si, ou quem sabe para onde, e que, em estupor, pergunta:

– *Posso escrever para minha mãe, dizer a ela onde estamos?*

– *Não convém – diz ele.*

– *Não convém, não convém... Até quando vamos encarar não convém?*

– *A mulher da venda disse que há guerrilheiros nesta zona...*

– *Sabe que estamos aqui?*

– *Nesta casa? Você está louca?*

– *E onde você disse que estamos? Você disse a ela onde estamos e eu não posso dizer para minha mãe?*

– *Por favor, se acalme! Eu disse que sou viúvo, que trabalho na lavoura e que, de tanto em tanto, virei ao povoado fazer compras.*

– *E ela, o que disse?*

– *Pra eu tomar cuidado, porque tem gente estranha, comunistas...*

– *Ela disse isso?*

– *Falou também dos afogados... Eu pensei que fosse só aquele que vimos na praia, mas há outros, mulheres também... Quase todos jovens... Ela acha que não são turistas, porque estão vestidos... Disse que ontem encontraram duas mulheres lá pelos lados de Cabo Grande, que é provável fossem trabalhadoras de algum barco pesqueiro, uma dessas fábricas que processam o peixe no barco. O que acontece é que o rio fica muito bravo nessa área, que até Carrasco a água faz rodamoinhos e traga as pessoas... Nos últimos tempos está acontecendo isso...*

– *E os afogados, é gente daqui?*

– Diz que não, são pessoas que ela não conhece... Que começaram a chegar no inverno passado, mas que este ano são mais, que toda semana a água traz algum.

●

– Não quero que você fique triste, algum dia isso vai acabar.
– Se você não se tivesse metido no sindicato, se os da organização tivessem nos dado uma mão, não teríamos que estar escondidos aqui. Isso me faz lembrar a... A... O rio tão grande, toda essa merda de imensidão – ela disse. Depois, deixou o bebê com ele e foi andar entre os pinheiros; transpirava como louca, apesar do frio, mas andou e andou e acabou por acalmar-se. Demorou a voltar; entrou tiritando, esfregou as pernas por cima da saia de flanela dois tamanhos maiores, a saia parecendo uma bolsa escura até os tornozelos. Entrou, acendeu o aquecedor e botou as mãos sobre a chama até quase queimá-las. Através do

vidro sujo, aquele que não haviam querido limpar, viu a sombra dos pinheiros como manchas de corpos no entardecer gelado que chegava, e mais além, abrindo passagem apenas entre os troncos e as copas, a cor mais clara das dunas. Ficou muito tempo assim, como uma ovelha, entregue...

– *Essa noite tive um sonho...* – disse como se regressasse de uma viagem – *Havia um curral com animais, e, de repente, me dei conta de que um desses animais era eu... Abria a boca e queria dizer alguma coisa, mas haviam cortado minha língua...*

– *Você está nervosa, não descansa* – ele disse, mas ela continuou como se não o escutasse...

– *Estava te dizendo que... Mas não tinha língua. Eu estava doente, os dois estávamos doentes... Vivíamos em um hospital e alguém nos punha gelo na testa. Saía água dos nossos olhos e boca... Depois eu afundava, tinha a cabeça e o corpo debaixo d'água, e punha o braço para*

46

fora, a mão com... Tinha dificuldade em continuar, ele se aproximou, quis acariciá-la, mas ela começou a dar patadas, socos no ar, e dizia: *Me deixa! Me deixa, estou te dizendo!* E lhe golpeava o peito... *Eu o segurava na mão para que não se afogasse, era recém-nascido, pobrezinho do meu amor, e eu não aguentava mais, por isso te pedia para agarrá-lo... Não era um rio, era um oceano... E você era muito grande, um gigante, tinha uns dois metros, e nos empurrou até uns pinheiros, umas agulhas que havia no fundo...* A voz saía entrecortada, difícil de entender, mas limpou o nariz com a manga da suéter e se acalmou um pouco... *Eu queria te explicar, queria te dizer que era eu, mas você não sabia que eu era eu, não acreditava em mim... Eu queria te dizer dos afogados, de onde vinham esses afogados... Te dizia que...* E então começou a chorar aos gritos, tapando a boca para não ser ouvida, para não se ouvir. Ele a abraçou como aquela vez há tanto tempo, a abraçou tão forte e estiveram tão perto que, por um momento, voltou a sentir o que tinha sentido aquela vez, apertados os dois, enquanto, afogada em seu próprio pranto, ela gritava: *Tinham cortado a minha língua, por isso não podia falar, mas queria te dizer... Te dizer...*

Te dizer... Que eles

não são afogados...

Em memória de todos eles

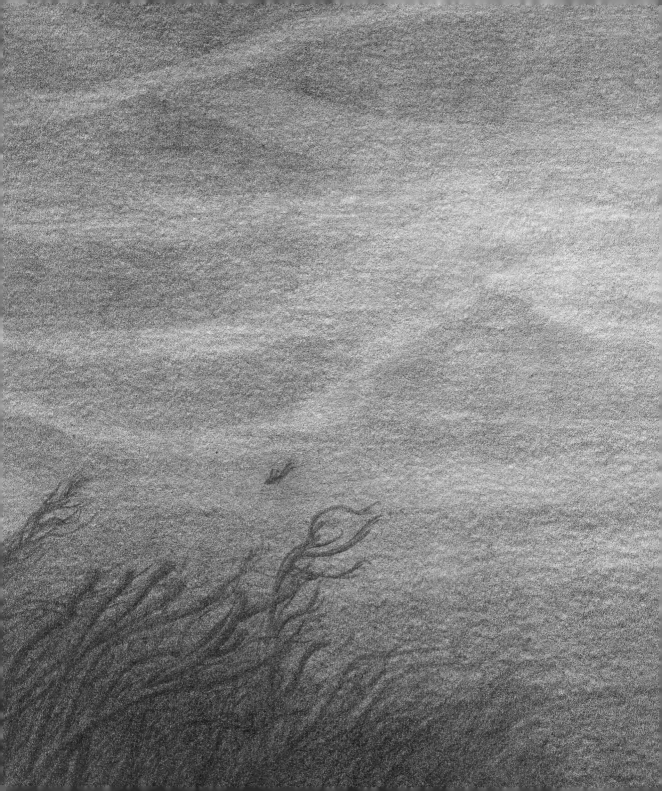

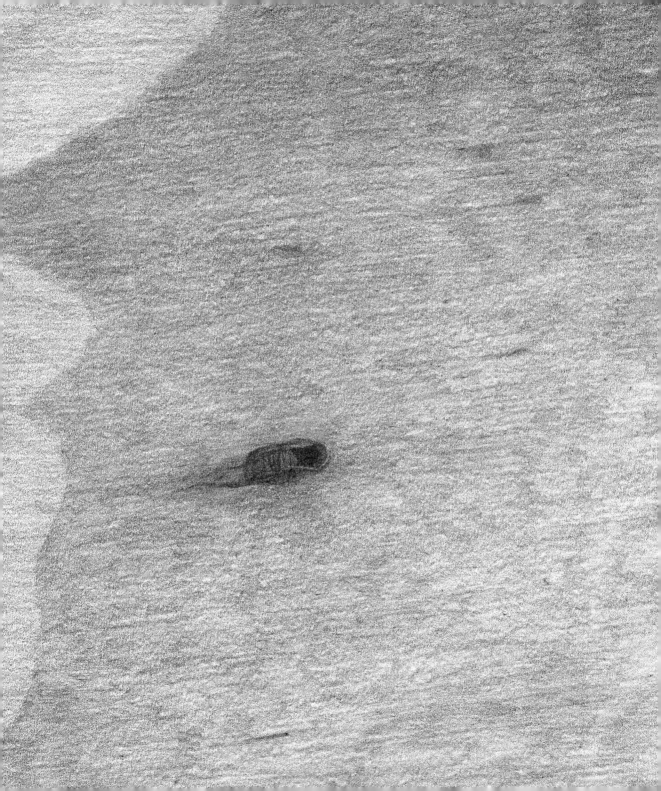

OS AFOGADOS

© do texto, María Teresa Andruetto, 2016
© das ilustrações, Daniel Rabanal, 2017
© da edição original em espanhol,
Babel Libros, 2017

Dados Internacionais de Catalogação na Publicação (CIP) de acordo com ISBD

A576a   Andruetto, Maria Teresa
       Os Afogados / Maria Teresa Andruetto ; traduzido por
Marina Colasanti ; ilustrado por Daniel Rabanal. - Lauro
de Freitas : Solisluna Editora ; São Paulo : Emília, 2021.
       72 p. : il. ; 18,5cm x 21cm. - (Fronteira Ilustrada)

       Tradução de: Los Ahogados
       ISBN: 978-65-86539-46-2

       1. Literatura argentina. 2. Ficção. 3. Ditadura argentina.
I. Colasanti, Marina. II. Rabanal, Daniel. III. Título.
                          CDD 868.9932

2021-3665   CDU 821.134.2(82)

Elaborado por Vagner Rodolfo da Silva – CRB-8/9410
Índices para catálogo sistemático:
1. Literatura argentina 868.9932
2. Literatura argentina 821.134.2(82)

Desenhos: lápis grafite
sobre papel.

EDIÇÃO BRASILEIRA
  Selo Emília
  Solisluna Editora
EDITORAS
  Dolores Prades
  Valéria Pergentino
TRADUÇÃO
  Marina Colasanti
REVISÃO DO TEXTO
  Ana Maria de Carvalho Luz
DESIGN DA COLEÇÃO
  Camila Cesarino Costa
EDITORAÇÃO
  Elaine Quirelli

Todos os direitos reservados.
Nenhuma parte desta publicação
pode ser reproduzida ou
armazenada em um sistema de
recuperação ou transmitida de
qualquer forma ou por qualquer
meio, seja eletrônico, mecânico,
fotocópia, gravação ou outro tipo,
sem a prévia autorização por
escrito dos proprietários.

Impresso no Brasil.

Este livro foi editado em novembro
de 2021 pelo Selo Emília e pela
Solisluna Editora. Impresso em
papel offset 120 g/m².

SELO EMÍLIA
  revistaemilia.com.br
  editorial@revistaemilia.com.br
SOLISLUNA EDITORA
  solisluna.com.br
  editora@solislunadesign.com.br

fronteira ilustrada

A MULHER DA GUARDA SARA BERTRAND **+** ALEJANDRA ACOSTA
OS AFOGADOS MARÍA TERESA ANDRUETTO **+** DANIEL RABANAL